天使的烈焰

周华龙 著

长江出版传媒 | 长江文艺出版社

周华龙， 笔名柔石惊缘，1975年10月出生于新疆伊犁。1997年毕业于西北师范大学，本科学历。现居广州增城。教育工作者。作品见诸《诗选刊》《百花》《名家名作》《中国矿业报》《西南商报》《鸭绿江》等报刊。另有诗歌、歌词通过中国诗歌网、《人民日报》客户端等网络媒体推出并颇有影响，有作品获奖及收入一些选本。

诗意的发现与孤独的灵魂

郑德宏

诗人何为？诗歌从《诗经》、楚辞、汉乐府，到唐诗、宋词、元曲，再到新诗百年，继承和创新，因袭与嬗变，每一个重要的历史时刻，诗人在呐喊，在呼号，在歌唱。诗人无形中推动着那一轮历史的独轮车滚滚向前，而自身像一粒微尘消失于巨大的空白。那一片空白便是光，所有生命都需要和渴望的光。那里是诗人的尽头，也是世界的尽头。诗人的工作仿佛飞蛾扑火，向死而后生；或是作茧自缚，吐尽最后一根丝交给世界一颗完美的椭圆形白色"舍利子"。于孤独中携带一颗高贵的灵魂，诗人在生命华丽的袍子里焚香沐浴净化自己，发现和看到万物的繁盛与萧杀、生命的律动。诗人又在生命的律动中发现新的秘密并与之对话，然后回到内心——世界的原点轴心，与自己对话。

由此看来，诗人何为只是一个空泛的命题，诗人并不是一份职业，确切地说，诗歌是理想、信仰、美好的合而为一。时代与时间是一个巨大的容器，它不断吞噬—呈现—吞噬—呈现一切，这个时候，诗人是清醒的，他们大脑中的雾霾逐渐散去。我想说的是，柔石惊缘（周华龙）正是这样一位保持清醒的清醒者，他正在努力用诗歌跟随诗人队列前行，虽然路途艰辛、遥远，但前方有光，他已经在路上。《天使的烈焰》便是最好的例证。

一

一个诗人的修为到了哪里，要看他阶段性的整体诗歌，而不是局部。《天使的烈焰》是诗人柔石惊缘的第一本诗集，诗集里200多首诗歌，集结了他写诗以来的全部成绩，姑且说成绩，因为对一个诗人说成果为时尚早。柔石惊缘像一个圣徒，洗净器皿，迎接他的"新生婴儿"的到来。作为"孩子"的父亲，他是虔诚的，也是幸福的。这一刻，一句句、一行行、一页页时光的诗歌册简在他大脑里翻动，发出清脆的声响。而作为一个读者，则享受着阅读带来的闲适与喜悦。

翻开诗集，一首《酒》让人眼前一亮：

酒

酒圣
是要把酒杯

端到月亮上去喝

才过瘾的人

酒仙

是要把月亮

喝到杯中的人

酒鬼

是把三个人

喝成一个人的人

酒徒

是把一个杯子

喝成三个杯子的人

　　酒圣、酒仙、酒鬼、酒徒，看是戏谑，实际上是人生盛宴的爆米花。一场场戏下来，爆米花之后何尝不是一把泪水。《酒》隐去了时间、空间、地点、人物，但又是及物的、具象的，每一节都有清晰的指向。这是诗人的高明之处，可以看出柔石惊缘具有浓厚的历史的古典理想主义情结。

　　理想主义者追求的是一种境界。王国维在《人间词话》中说，古今之成大事业、大学问者，必经过三种之境界。他的"有有我之境，有无我之境"理论，将千古诗文分析个透彻。他说作诗无外乎"以我观物"或"以物观物"。譬如这首《伽蓝寺》：

伽蓝寺

伽蓝寺的钟声
像一层层羽毛

颂诵的禅语
像一道道光

大鸟落在伽蓝寺
翅膀像遮天的僧袍

诗歌是一门古老的技艺。诗人把面对的事物和将要书写的事物，通过特殊的秘密通道找到蕴含其中普遍性的观念和价值，对人的生命加以启迪，赋予人的生存意义。从意义上来说，《伽蓝寺》做到了。如果说，一首诗是诗人的一座金字塔，那么诗人搬运的每一个词都恰到好处地参与了诗歌的建设。又或者说，一个词不到位或者抽走一个词，那么整个金字塔将会倒塌，整首诗将是一片废墟，落在纸上的所有词语，也将沦为瓦砾碎片和一地鸡毛。《伽蓝寺》中，钟声、羽毛、光、翅膀、僧袍，一个接一个词语，就像纷繁复杂的意象纷至沓来。诗人就这么准确地为这些词找到了适合的位置安放。庞德说："一门艺术的检验标准是它的精确性。"

从技艺上来说，《伽蓝寺》也做到了。

二

当境界成为诗歌的一种负担，想象就像一把通天的梯子，是通往诗歌殿堂的一段必经之路，同时也让诗歌进入魔幻、神秘之境。想象来自语言。维特根斯坦有一句名言："想象一段语言就是想象一段生活。"当然，这还不是诗的语言，诗的语言是一种特殊的语言。诗人方文竹说："想象不是手法和修辞，更不是工具，而是一种本体论的建构力量。甚至不无刻薄地说，想象是拯救神秘的唯一之途。当今的时代，诸神远去，却并非丝毫不留踪迹，真正伟大的诗人却是善于捕风捉影之人并随之引申放大，这就是想象的无穷力量。"在《天使的烈焰》中，诗人依靠想象将诗意不断弥散，让诗歌充满神性，这部分诗歌是《天使的烈焰》整部诗集中闪耀的部分。我们试读一首：

幽林

林间，风来风去
与神走散的僧人
它轻扫着落叶

短短三行诗，点拨、暗示、引领、扩张、辐射等，将读者的大脑激活。这是一首诗的宿命，也是一首诗歌的力量。像《幽林》这样的诗在《天使的烈焰》中比比皆是，如《野猫》："它有一双锐利的眼睛／愤怒时能抓破／月亮的魂。"再如《消失的野马群》："散落草原上的群星／带着光焰飞奔／它们撕开时空裂缝／在风中悲鸣／一道道闪电坠落尘埃／它们用热血与花香／浇铸成高贵的身躯／我在凝望／天空下的夕阳／光明与黑暗／在时光中交替"。

在 2017 年第 4 期《星星》"实力诗人"的诗观中，我曾经说过一段话："万事万物皆有神魄，神魄皆能入诗。诗人是摄神魄之人。诗人应对自我、身体、人性、世界、生活、社会、艺术等有多维的深度思考及审视，有自己的价值理念体系，并进行一种终极思考及灵魂层面的诗意表达。"

烟云十八洲

烟云十八洲
醒了醒酒沫

烟云十八洲
我是站在城墙上的小吏

烟云十八洲
躲在史记中册页

我认为，写好诗歌必须要懂得什么诗歌是好诗歌？也就是读得懂诗并能识别诗歌的优劣。这包括诗人境界、素养、学识、思想等。好诗是这样的：语感迷人，气息神秘，干净、朴素、澄明。诗人还应该具备这样的能力：让读者没有任何障碍地进入一首诗歌，在进入之后，会不由自主地随着诗人的世界来到一个很开阔的境地。所以，我喜欢灵魂一碰就碎的诗歌。

三

柔石惊缘的诗还有两个特质：生活性与音乐性。生而为人，我们的日常普通、庸常、繁杂而又疼痛、沉重，我们又在这种普通、庸常、繁杂而又疼痛、沉重中启智。在这个过程中，生活性与音乐性发挥着重要作用。

首先来谈谈生活性。任何时代、任何时候，文艺创作都离不开生活，尤其是现代新诗，我们当下的口语及后现代语境，无一不是生活哺乳。生活给予了诗歌的复杂性和丰富性。它能够将微小事物介入诗歌语言，将抽象的哲理和抒情融为一体。《挑着担子的菜贩》就是一首典型的生活之诗：

挑着担子的菜贩

他的笑容
跟菜一样干净

他的扁担
是他的天地良心

他的秤芯
斧正了地平线

他的背影
慢慢与星光接近

　　诗人在平凡世界凝视，想象，沉思。再看一首《小羊吉米》："一只叫吉米的小羊／用羊的整件外套／披在一个人身上。"柔石惊缘在日常生活中发现"真相"，他诗歌中的情感悸动，让我们感受到生活之重。"诗人所写下的只是上帝要写下的诗，重复上帝的话语而已。"我相信这句话。

　　诗歌的音乐性在《天使的烈焰》中有一些比重，这源于柔石惊缘最初是一个歌词作者，他创作的许多歌词已被谱曲成歌传唱。诗评家张翼翔认为："在诗歌领域，如果把语言符号的能指（语音、文字形式）跟诗歌的感觉外观（听觉性、视觉性）相关联，把语言符号的所指跟诗歌的意义内涵相关联，那么问题也许会清晰很多。语言扩张型诗人注重增强诗句的听觉性与视觉性，以此制造修辞效果（包括听觉效果与视觉效果），这就使得一首诗的感觉外观——或者说其能指——往往优胜于这首诗的意义内涵，成为生发诗意的主要因素。与之相反，语言浓缩型的诗人注重构建运转于修辞之下的意义，因此他们往往会使听觉效果和视觉效果让步于表意的简洁准确，这时诗歌的所指——其意义内涵就成为生发诗意的主要因素。"

我走在风雨的街头

我走在风雨的街头
好想喝一壶烈酒
让我忘记恨与愁
让我止住泪长流

东风坡啊！白马洲
谁愿侍奉贪心的王侯
青草青啊！绿水绿
打死不做黑心的贼寇

头碰头啊！手握手
最不能忘记的是朋友
青山青啊！水长流
患难兄弟才是真朋友

我走在风雨的街头
老婆孩子贴心口
他们怕我喝烈酒

喝坏了身子心难受

三月三啊！九月九
打死不做黑心的贼寇
七月七啊！六月六
朋友多了路好走

六月六啊！九月九
家人好了，心好受
青山青啊！水长流
管他什么鸿鹄和王侯

其实，《我走在风雨的街头》于严格意义上来说是一首歌词，但我情愿把他归纳为诗歌。这样的诗还有《活出真正的自我》，算是它的姊妹篇吧。

四

诗是孤独的解药；诗是美与绝望的符号。柔石惊缘无疑是孤独的。他的诗中由此出现了一些异域"符号"，如《霍尔曼的家》《莫泊桑的眼泪》《伊莎贝尔的眼睛》等。是的，他情愿用这些"符号"消除内心的"孽障"。对于感知的事物，他感到惶恐、困惑、忧伤，甚至无能为力。但他没有忘记，也不曾放弃诗人的职责。他试图真实地记录下这一切，同时在他的诗中也包含了对人性、历史和真理深刻的认知和思考。

以上这些文字，与其说是对一本诗集的唠叨，不如说是对一个诗人的唠叨。总体来说，《天使的烈焰》符合诗人的个性特征。同时，诗集尚存一些瑕疵，比如部分作品存在诗歌技术欠缺、叙述线性单一的问题。这些问题，需要柔石惊缘在今后的写作中醒悟、解决和突破。也许，他已经感受到了。

《天使的烈焰》是柔石惊缘的第一本诗集。建议他把这本诗集作为一个阶段的终点，做系统的总结，然后重新上路。作为他的朋友，我期望他爱惜和恒守内心的那一缕孤独的光，做一个诗歌朝圣路上的孤勇者。那么，一切未来可期。

是为序。

2024 年 6 月 7 日

（作者系中国作家协会会员，中国诗歌学会会员，广东现代作家研究会诗歌研究中心副主任，广州市增城区作家协会副主席。）

目
录

辑一
幽林密语

辑二

天使复活

辑四

如歌行板

辑五

古风情韵

辑一

幽林密语

酒

酒圣
是要把酒杯
端到月亮上去喝
才过瘾的人

酒仙
是要把月亮
喝到杯中的人

酒鬼
是把三个人
喝成一个人的人

酒徒
是把一个杯子
喝成三个杯子的人

玩鸟者说

李白生出
白发三千丈

苏轼江湖流转
坐看明月

一头小驴
杜甫咽下

鬼马李贺
天若有情何须百花残

飘落四城的人啊
罗刹国里尽朝晖

烟云十八州

烟云十八州
醒了醒酒沫

烟云十八州
我是站在城墙上的小吏

烟云十八州
躲在史记中册页

简白的约定

为什么
我在窗外
不愿随风去

我在听
我的心渐渐
在呐喊中平静

为什么
我听不见
海哭的声音

难道是
热烈的青春
还不够说明

风呀！风呀！
你是我久违的热情
却像简白的约定

风呀！风呀！

你像和我

什么都没有说明

一条隐形的路

我从未见过它
一条不知通往何方的路
于是我把我化作一阵风
在天地间不停寻找归属

可能流云的心太远
现实的梦太近
我无法将一生环顾
只能常与青灯竹影共舞

如果命运让我去选择
我将漫步八千里云途
一路走过空山静谷
一路清影在波光中起浮

只因我无法了结
今生的尘缘
只能将朵朵心愿
慎重地开满未知的旅途

霍尔曼的家

霍尔曼
在黎明山下

寻找彩虹尽头
要搭一个温暖的家

飞鸟衔来泡桐树种子
等待它生根发芽

河豚啃倒白皮松
帮他蓄满清泉大坝

温柔可爱的小鹿
最喜欢他无欲的篱笆

霍尔曼斧正了河流
削平了山脊

将天使橡树的枝桩
夯进诚实的土地

最后他来到屋顶

将满眼的星光摘下

星火

星火在水月中
燃烧着无数双眼睛
它给鱼儿们带来
虔诚和安宁。此刻——
黑夜在黑夜的更深处
远方在更远的地方
你是现实中的一粒微尘

山楂树

我把我的心
安放在山楂树下
我用土石
垒砌四季
我用最猛的风
和最狂的雨
淬炼我的滚烫
当冬雪埋葬了
我的遗骸
我的魂灵也将
一树树花开

曲巷

我漫步曲巷
细细打量，它的悠长
墙面上，剥落的时光
在青石上荡漾

我用寂寥的心
走进岁月的沧桑
每一寸，青苔的痕
被秋雨染黄

灯火在黝黑的窗前
抚慰，幽幽的曲巷
这厢清醒
那厢迷惘

我用生活的拐杖
不断敲击过往
老墙上泛着青光
在我心头乱撞

我缓重的身影

穿过颓废的篱墙
被几只鸟儿
衔上低矮的草堂

红棉树

红棉树，被一群冬风
尖酸刻薄地奚落
它将嘲讽的声音
纷纷抖落，只留几根
精悍的强影，在暮晚中拼搏

我从它身边
匆匆走过，仿佛听到
它遒劲的躯体
正在汲取，清凛的冰泉
誓要重新点燃，冷焰的花朵

此刻，我起伏的心潮
在浓雾中，将追随它
破译，田原的惊醒
只等饱经风霜的日子
淬炼出，山野豪迈的性格

编织机里的钟声

机器轰鸣
麻袋飞奔
他们要把光线
绷得更紧

厂房的上空
有十二根指针
指手画脚地
瞄准云层

加把劲
不要耽误
蚂蚁的心情

早春二月

逝者在旷野上空弯曲

那枯死的灰白

披着稀疏的新绿

茫然而悱恻的烟雨

迷蒙着黛青的思绪

早春二月

提起神奇的画笔

它要给简陋卑微的枝干

添上激情的绿意

那乌暗沉默的田野

绝不会在虚度中叹息

阳光向山坡涌来

它瞬间冲破

芦蒿和荆棘的领地

它要将这明亮的底色

沉淀在河底

此刻远方的影

越走越近

直到看清

废墟的夕阳中

芳草萋萋

相遇

我与你在春天的早晨相遇，
那被雪和冰掩埋的过去，
裸露出鲜活的生机。

我与你在炽烈的夏日相遇，
好像我们匆匆错过了，
一个短梦的距离。

后来我们又在秋天相遇，
秋风向我挥舞着金黄的落叶，
把美丽的童话藏进斜阳里。

最后我们在一群风雪中相遇，
沿着江岸，我们一起寻找，
江河湖海一颗颗透彻清亮的眼睛。

地心文明

地心文明
减去岁月荣光
把真相深深隐藏

地心用地表的热忱
与宇宙交流思想
那颓废必致的灵魂
被海洋叩响

地球曼妙的春心
扭曲了人类目光
让一切看起来
都显得那么异样

地心在脚下
是真实的土
她在推拿人类
刁钻的思想

我终于感受到你

世界睡去，我却醒来
你无处不在

点燃十二盏明灯
只求把你看得更清

细细打量你
听你万籁之声

太阳、月亮、星星
悬挂我们头顶，你从来不会说破

像极致的工匠雕琢的女王
让人间万物在宿命中生长

我终于感受到你
我还有什么想不明白

光

挣脱黑夜
疼痛斑斓的尾巴

虚空，却又真实
像抛光的鳞片

奔跑几百亿光年
它乐此不疲，始终飞蛾扑火

超越生死的界线
无法用时间找到答案

蒲公英

记忆里的一处
昆曲
像梁祝里的蝴蝶

懵懂的少年
春天的曲婀
奔跑在向阳的山坡

蒲公英的银针
侧漏光的影
少年打马过山坡

那一双对折的翅啊
常常在梦中对折

月影

孤独来自墙草
风攀爬着这道屏障

寂寞的影子
倒出一杯祭奠英雄的酒

我在月影下
轻轻投下阴晴圆缺的时光

无名鸟

那只无名鸟
拥有，光的羽毛

我静静听它
声音中的寂寥

或许它也正听
我心中的苹果
从一棵苹果树上砸下来

一片雪花

一片雪花

走过天地的距离

你怎会把六角

埋进深深的土地

你飘飞的梦

为何无影无息

请看山花

它并没把你忘记

那摇曳的影姿

正绽放你冰骨的传奇

风的影子

我把梦装进旅程
要去远方，寻找一个巨人
他在空旷的原野上
拉着天上的白云，踽踽独行

当他爬上山坡时
四周响起，呼啸的歌声
走着走着，他累了
就躺在白云上休息

等

原野上
花儿们，等着约会
阳光还没来
它们脸上，已挂满泪水
这种心情
只有风儿能够体会
悄悄地帮它们
擦干眼泪

伽蓝寺

伽蓝寺的钟声
像一层层羽毛

颂诵的禅语
像一道道光

大鸟落在伽蓝寺
翅膀像遮天的僧袍

秋千

风拉着秋千摇晃
光摆弄着寂寞
枯败枝丫伴着一条荆棘的路
过去藏进了斜阳
镂空的记忆，沉入海底

萤火之光

如同青妖
披上静谧的衣裳

如同时光的翼
穿于林间

如同月牙
落满精灵

逝者的天空

一

以悲伤的姿势带走生命的容颜
他们都曾经看过，天空的湛蓝

二

把死同寂静地燃烧
不喜不悲，与生俱来

三

我也将逝去
即便孤独也留存清风

四

灵魂与空间触碰
死亡也不会让我失去

二十四小时

世界在滴答声中旋转
睁一眼，闭一眼

锦鲤用鱼尾扫过荷尖
在牢笼中生存

二十四小时的每一秒
它仅能留住瞬间

麦考尔的幸福生活

麦考尔是条狗
是千万条中的一条
是狗性十足的狗

它喜欢群吠
只有这点
还具有些狼性

麦考尔是幸福的
它是主人的
跟班随从

麦考尔是自由的
主人不在时
它会在家翻跟头

麦考尔是有身份的
去到任何地方
都会吃香喝辣

一天，麦考尔

遇到乡村狗

它看见乡村狗流泪

一天，麦考尔

看见流浪狗

它不知道流浪狗的感受

一天，麦考尔

撞上了癞皮狗

它竟不知还有狗如此丑陋

最后，麦考尔

遇上了大疯狗

那疯疯的野种会让它更难受

麦克尔终于

做出了重大选择

主人，主人，我要当好你的看门狗

国王与小鸟

国王喜欢听
小鸟为他
唱赞美的歌

小鸟在笼里
怎么叫
也缺少点激情

小鸟最后
做了一个梦
它冲开牢笼
回到了
黎明的清晨

在那里
它越叫越兴奋
而且很动听

隐喻者的春天

隐喻的词究竟能走多远

它是否会带着河流去拜访大山

它忧郁的眼神

可以折叠出世间最缠绵的情感

蒲公英、马齿苋，还有飞鸟的天空

它们在隐喻的海洋里

——隐喻者，都将收集隐喻者的荣光

叶子的世界

我和众多
普通的叶子兄弟
挤在一起
风悄悄跑过来
把我们聚拢又分开
不为什么
只是随时提醒我们
它的存在

幽林

林间，风来风去
与神走散的僧人
他轻扫着落叶

伊莎贝尔的眼睛

伊莎贝尔的眼睛
有翻滚不息的云
它在挥舞着各色火焰
犹如一个让君王俯首的神
我在传扬它梦中的美丽
膜拜它圣女般的情韵
只有高冷的柔骨
才能在春江月明中独行

简单的幸福

幸福很简单
像约会之夜
那不眠的星空

幸福像海里的鱼
藏在礁岩下
就能听到海的呼声

幸福似天空的手
采摘着时光中
每一片生命的花瓣

幸福很简单
它离世界很近
它就藏在你深邃的眼睛里

一滴水的逃亡

一滴水挤进了大海
刻下地平线的苍茫

一滴水在银河飘荡
消失在森林的方向

一滴水无处逃亡
取走夜色的迷惘

今后

今后，我的眼睛
不再寻找从前
只想留住
大地磨破的诗篇
今后，我将缝补
遗失的光线
拼出，时光的慵懒
即便被枯枝刺痛
也是我心中
最美的云天

生活无须假设

如果生活可以重来
我将选择田园和山林
做一枝带刺的玫瑰
在爱的废墟里
永不认命

如果生活可以选择
我将与明月和繁星
靠得更近，无须把
五彩斑斓的梦
折成苍白的纸痕

如果生活可以
渲染波浪的齿形
我无须再作假设
让一切温柔和残酷
咬出深深的吻痕

温床上的自画像

温床像裹在光里的海洋
我躺进海洋里
心中涌起无尽的忧伤
头顶有一面哭泣的墙
它用黑夜的笔
写满我心中的光亮

眼睛后面的坟

眼睛后面的坟
有我们熟悉的影子
它像南极帝企鹅
在黑夜的风暴中
静静等候
久久未归的魂魄
那些被擦破的悔恨
在极光中旋转
一闪而过
只留下空空的山门

风的梦想

风想去阿尔卑斯山脉漫步
于是它穿越千山的惆怅
风想看清海底世界
于是它拼命舀起海水
风想练练嗓子
于是它去呼啸山庄
风最想漂洋过海
于是它捋了捋太阳的光芒
风想送走大漠的悲凉
于是它祭奠风沙的忧伤

知更鸟

知更鸟，傻傻地
望着鸽子笑
尽管，鸽子嘴里
咕噜咕噜地
吐着谎言的泡泡

野猫

它有一双锐利的眼睛
愤怒时能抓破
月亮的魂

真相与假象

你害怕假象被戳破
所以拼命替假象解脱
是的，知道真相
假象会很快落寞
而你却错过了
追求真相的快乐

青石街

时光在这里缱绻

在林荫间，牵挽着五月天

落下的光影，摇曳着逝去的思念

我走向幽深，幽深的遥远

用指尘触碰时光的容颜

寂寥的苔痕，在青石板上结怨

无视我身后，似水的流年

重阳

重阳给山头
挂满了铃铛
活着的人
听到的声音
都不一样
死去的人
只听到山风
在呼呼作响

牛二拜佛

牛二做了

杨志刀下鬼

阴魂不散

非要找阎王

评评道理

我横竖都有

舔刀的勇气

几千年来

我还不如一只

待宰的鸡

阎王推荐了佛祖

佛祖又给了牛二

一片自留地

如果你能种玉米

先看看你的心

是什么东西

雪山

无论何时，
它都矗立在我梦中。
每次擦肩而过，
它总往我心中，
藏一段河流。
河的两岸，
长满开花的树，
树上结满了，
我今生的符咒。

狐狸

狐狸是真诚的
它的眼里开满玫瑰
玫瑰在风中
陪着雀鸟飞
狐狸的朋友在海边
捧着浪花
想把狐狸灌醉

罪与罚

罪与罚
是两头驴
一头吃草
一头啃树皮
时间久了
它们关系
更加亲密

牛二借钱

牛二向佛借钱

苦于见不到面

他拜托黄鼠狼

钻进太空舱

寻找佛的空间

佛在西天

划了一道闪电

挡住黄大仙的视线

金乌吐出赤焰

把牛二亲友的心

烧了个遍

佛说

再给你五百年

看看你道行深浅

能否用你的脸

变成遮天的袍子

黑尽人间

白狐

有谁见过千年的狐
哪有千年的狐
只为生生世世的苦
修成凄楚的符
我愿追寻你的路
可与我共舞
金叶铺成的伶仃路
有我为你谱出的心符
你跳跃的舞步
伴我身影
走出心海的禁锢

一轮月亮

月光从左手
交到右手上，它的影子
在我心中，被映得发烫

我无法拒绝，身体里
长出的云朵，慢慢地
我被一支蜡烛凝视

我从流淌的小溪里
捞出两颗灵魂
一颗制造了痛苦
一颗制造了幸福

孤岛上，奇异的鸟儿
伸出翅梢，支撑着
骄傲而炸裂的太阳

或许它们便是我手掌上
荡漾的小船，一轮月亮

五月

五月，给蜜蜂挂满小桶
让它们，去灌装整个春天
风，掀开忘忧草原的秘密
成千上万个精灵，从花丛中飞出
直到暴雨赶走蚊子的喧嚣
五月才将广角滤镜，轻轻摘下

天使复活

莫泊桑的眼泪

反噬，打碎幻想
在绝望中赴死
正如，奸诈、危险的
星际拾荒者涌进陌生城市

如果我与你相识
我亲爱的居伊·德·莫泊桑
我愿用雪山之情
与你交易文稿中的货币

你用刻骨的文字
签署爱情
却尝试用人性中的魔皿
迎接枪洞中重复的命运

权力用巨鲶的鳃呼吸
贩卖着飞蛾
移情的求爱方式
已盖过这片土地

我重复穿越整个星球

与被诅咒过的亡灵同行
如果路上有你熟悉的红唇烈焰
请留下沙漠之冰，那是你
灼热中出现的幻境

我在攀爬陌生人的面孔
那里有你泪流的眼睛
我愿随你突破狂想
远离一颗藏于尘暴的心

冬日畅想曲

一片雪花
从去年秋天开始
带走羊群最后的幻想
或者，也带走了
白鹭起飞的重量

牧草绿了又黄
一头扎进灰白色的寂静
在牧羊人的注视下
想在下一个春天
野蛮地复活

江河失去了咆哮的样子
它们正被一群冬风
压在雪底下无情嘲讽

或许，只有隐去身份的云
仍愿躺在樟子松冠顶
好像这一切，都与它无关
是的，它的神情淹没了悲伤

让爱永恒

我从天鹅绒里现身
挑一根，诗的羽毛，蘸取湖水
描出浮游者的水月之魂
惊醒与沉沦，像剧中后院
更迭的人生
松开那张虚空的网吧！
让我们跳出，霜花之镜
将乌鸠的尾羽，用阳光
凝练成蓝冰，让爱永恒

窗口

清晨，阳光将我唤醒
我慵懒地伸着手臂
梦很近，就在头顶飞翔

树在长它的叶子
鸟在亮它的嗓子
只有我静静享受
这惬意时光

窗外，露珠少女
轻轻摇晃，世界的光亮
而我心中结出菩提
将它种进粗糙的大地
开出花海天堂

——这窗口
满屋星光，足够我道一声：
早安，人间！

伊莎贝尔的眼睛

我向深夜祈求，如同一位僧人
任凭直觉感悟，心中那份虔诚
像伊莎贝尔眼睛里的星辰

岁月梳理过文学剧本，善恶现身
无须多言，字迹被悲喜的眼泪浸湿
若无法避免，请将月色皎洁的光
从我脸上移走

晚风在祭奠着，空谷里逝去的亡魂
那些曾经，被贫穷疾困折磨过的人生
伤透了伊莎贝尔的心

科英布拉修道院，地窖里分发的面粉
胜过基督山伯爵复仇的宝藏，请认真听
莱里亚和奥比杜什小教堂里的钟声

伊莎贝尔，从历史的扉页走出
她的目光，仍关注着弱小良善者的平生

风筝

在我和风筝之间
它是希望，是梦
是闪耀星辉的光点
是云里的飞帆

我把心寄向蓝天
用一束拙直的视线
牵曳着花开的童年

时空在流风中
拐过几道寒烟
那钝化的风筝
坠落在画框的窗前

复活

月牙把白云锄落

唤醒鸟儿

将秸秆和光线

编织在一起

——漫游者的诗句

在温暖的巢窝中复活

松树将寂寥的往事

簌簌抖落

天使的坠落

天使来到人间
像绽放的花朵
盛开的时候
常常被人轻薄

她的真心
她的良善
在假意的虚情下
艰难地存活

她的隐忍
她的恬淡
换来的是
嚣张疯狂的折磨

她的清新
她的自然
像被套上
无形的枷锁

她的悲愤

她的怒号
像是从来
没被怜悯过

她的梦想
她的期望
犹如孤绝的飞蛾
扑向熊熊的烈火

你看，狂蜂浪蝶
比她过得逍遥快活
你听，邪言魅语
还在不停地蛊惑

可悲的是
这一切，好像
从来没发生过

梦卡旺歌

我在虹桥上
撒一把
落花的你
是否该
重温
所有的过去

我用
野人的力量
撕开你
包浆的外皮
或许你和我
本不是梦的距离

落卡啊！
你被钉上人生的画皮
我听着你的琴声
也不愿低声地哭泣
我与你
伶仃着醉言的相许

飘飘荡荡的雨

生生世世的记忆

梦中旺卡还在柜台里

命运的轨迹

如果，你被刀铁
削成了泥
请不要，一蹶不振
伏地不起
那淬炼的火焰
会付与你
重新选择的权利

如果，你正在
北冰洋海底
承受前所未有的
冷酷压力
请不要，轻言放弃
那黑黢黢的潮洋
还会将逆袭传递

我沉默的花儿啊
我是你心中的红狐狸
娇柔变幻的脚步
永远不会在
山那边，叹息！

金色面包

我吃着宙斯权杖下
闪电的面包
忽略了云母
霹雳下的江河滔滔

小花细雨
青枝挑光阴
梦幻与现实中
谁愿祈求明天的符

金色面包
我不知何时起
吃满了幸福
嘴边还残留着微笑

白莲花

这人间圣物
可忍得了
冷风独语的天?

那清池上
寒冷的火焰
能否逃出时间威严?

请看
淤泥在嘲讽
它梦中的挂牵

请听
那无声的孤零
催眠着月影

不,人间季候
辽远着辉艳
就让这
慈航的种子
闪出火花的灿烂

谁在笑？笑这
百层高塔的凡间？
笑这息变的楚然？

不，月下已是
长风浩荡
引来无数鸟盘旋

叶卡捷琳娜的猫

有一只猫经常被人惦记
它的高贵无人能比
不管奴仆对它真心或假意
它都有叶卡捷琳娜的威仪

它在王室花园里
度过猫生的传奇
犹如黑夜诞下的月亮
无法让人薄鄙

它有一段闪亮的经历
曾在王室的宝座上思考问题
想过飞蛾扑向星星的希望
却被人常常亵渎为绝望

猫的怜悯之情
早已跳出人间苦境
它还想和痴情的鸟儿
相触在云里，只有风雷、霹雳
才能炸响它猫生的意义

兰切

兰切你来自哪里
为何风一直追随你
兰切，你的目光
明如火炬，照亮了
奥德修斯
想攻破的特洛伊

兰切，你是风雪中
一颗埋葬神话的稻米
把所有的真相
撒播在，一万光年
跨越的银河系

兰切，为何
塞浦路斯的海风
想把一颗珠贝的心
种在潮汐中哭泣

琥珀里的地球

地球被急冻在宇宙
神把它浸泡在黑暗中
用阳光解剖它的内部
是否鲜活如初

神伸出一根根手指
测探万物的颤动
这结构完美的琥珀
保持清醒

地表、地心、地核
地球的上空
都被神标记了尺度

这场精心的策划
是神送给地球
生息繁衍的礼物

挑着担子的菜贩

他的笑容
跟菜一样干净

他的扁担
是他的天地良心

他的秤芯
斧正了地平线

他的背影
慢慢与星光接近

荒野求生

拓荒者的眼中
莽原是一片净土
他要在这里
实现心中的抱负

野花和草木
还有布满荆棘的羊肠路
都被他装进规划的蓝图

他来自喧嚣的城市
他来自机械的轰鸣
他来自人群中
阴险狡诈的残酷
这一切他已受够

于是他走向荒野
走向自然的乐土
带着一颗被灼伤的心
在风花中扬起
高贵的头颅

一切都将重新开始
一切都将变得新奇
就算从未有人走过的沼泽
都将有他闪光的足迹

在荒野，他将变得
前所未有的自信
在荒野，他将变得
做什么都全神贯注

因为他做回了
自己灵魂的主人
不再接受
虚假思想的禁锢

他越来越聪明
他越来越会经营
因为这里有一片
湛蓝的天空

因为这里到处都是
真实的泥土
因为这真实的泥土
养活了万物
他还担心什么？

阳台上的星空

阳光下，来不及品味

纵有喧嚣繁华

也读不出海阔天空的心扉

匆匆的街市，茫然的光景

奔波劳碌的身躯

究竟为了谁

或许，夜阑深深时

我可以坐进花蕊里

细细打量渺小世界

或许，我可以在阳台角落

找到孤星的眼泪

或许，我可以跟随

广寒宫里的仙子

去我未知的星球

放牧成群的牛羊

我属于阳台的星空

方寸之间

却能穿透宇宙的秘密

世界的尽头

世界的尽头

在神秘的地方

亚特兰蒂斯之城

闪着神奇的光芒

人们在那里纵情歌唱

理想编织的圣殿里

自由、平等和爱

欢聚一堂

人的尊严神圣不可侵犯

酒杯里倒满的是

鸟语花香

亚特兰蒂斯

或许在地球的心脏

亚特兰蒂斯

或许在深深的海洋

亚特兰蒂斯战舰

或许在星际间巡航

世界的尽头

有一束爱的光芒

它能把每个人

内心的世界照亮

寒冷、刻薄、鄙夷

不可能在那里成长

奸诈、阴险、狡猾

没有生存的土壤

人们在欢乐的世界里

奉献所有的力量

因为每个人

所说的每一句话

都会被尊重

因为每个人

所干的每一件事

都会被认同

因为每个人

所提出的每一种想法

都会被重视

因为每个人身边

都聚集着诚实和善良

他们再不会逆来顺受

他们再不会被边缘冷落

他们再不会成为哭泣的花墙

肆意地被修剪和设定

世界的尽头

在神秘的地方

世界的尽头

有一束神秘的光

地球战舰

地球谁是舰长

他手里握了什么枪

悬在黑暗中的脊梁

是重力初始的方向

我们在太阳系

迎着太阳的光

我们在银河系

思考着宇宙的方向

嘘！小声点！

地球上还有舰长

他手里还有枪

黑洞洞的枪口

射出的全是

光辉的思想

我们握住

仅有的时光

随着地球战舰

探寻宇宙的真相

获取自由的力量

火光的天堂

我走了很久

带着我的伤

去看大海

世界予我风雪

我予人间太阳

我的心中装满海水

四处流浪

天暗下来

留下失火的汪洋

我离开风雪

已经很久

大海苍茫

天暗下来

我在独守这

火光的天堂

一棵躺下的树

相遇，是缘分使然，
在我最失落的心里，
有你，
残败凋枯的身影来相陪。
我与你不经意间同病相怜，
看见你过去伟岸的身躯，
横卧在冰冷的路边。
秋风中，
各色野花招摇着，
高不可攀的冷艳与傲慢。
而你仅能，抽出新枝，
给枯死的根，
戴上纪念的花环。
我不会无视你悄悄走过，
而我却要在你面前，
把腰杆挺直。
树兄啊！请接受我无比敬意，
你在我心中，
已有新生的力量在延续！

渡

一

找一处空间，设置心灵的起点
以寂寞的眼神将内心火焰点燃
热情洋溢的开始，与天地交谈
或有冰川矗立在草原
或时光重现
原本世间万物都息息相关

二

我看见先贤，来自逝去的空间
他们的哲思如风飘荡千年万年
此刻我并不孤单，
有先哲陪伴贯穿瞬间
我们交流着，永不厌倦

三

我相信良善，我钟情爱恋
天地人和都统归于自然

一切始于空间

岁月守我容颜，即便陨落于花前

四

生为今生渡，便知黄土

惜如初见，云霞满天

何谓残阳作古

狮王之路

黎明的咆哮

告别黑夜无助

战士的自由叫孤独

至少你还幸福

黑鬃肆意展露

你的王国

不要忘记小鸟

至少它们伴你成长

无偿给你岁月的感悟

羡慕你

用力量成长坚实的脚步

羡慕你

闻着草间花香

敢把王权撒向野草

在强者之间

来一场公平的决斗

谁敢怀疑你真实的治理

周围鬣狗号叫你俯首

你的骨子与肉

只有王者之心

用震颤的怒吼

宣示你的版图

虽然你被撕咬

或者残破趾掌

起来！记住你的向往

起来！咆哮着你的追求

因为你的命运已注定

要走一条狮王之路

勇猛者

没有弯弓和长枪

却敢孤身闯一闯

你不怕豺狼虎豹

却决心和它们战一场

战啊！战吧！

达摩克利斯之剑会给你力量

面对阴冷潮湿的暗巷

就算一片漆黑苍凉

也要抓住闪电的翅膀

达摩克利斯之剑会给你力量

独醉的男人

男人，从忧愁的杯子倒出啤酒
一口吞下冷暖的春秋
直到把两个杯子，喝成三个
多出的那只，装下弱水三千

高粱

高粱，活着的时候
是乡村的列兵
老牛，也要敬他三分
或许，他是热带雨林的近亲
群落里，有各种古怪的声音
甜秆，更是秆中珍品
在孩子们的眼中
找到一根，就等于找到黄金
红彤彤的高粱籽
匹配，精确制导的参数
能准确击中雀鸟的心
让它们迷魂
从他倒下的那一刻起
就开始收割秋天的精气神
聚成时间的舍粒子
在窖池中潜行，然后
化为蝴蝶，飞入精美的酒樽
饮者，会津津乐道他的生平

为月光开一扇门

我向月光，讨要一粒种子
让它在我的内心生根

我把它种在大海背面
让它澎湃我的一生

我看见它开出硕大的花朵
我只想躺在上面入眠

每个夜晚，我都愿为月光
开一扇门，我只想与她靠得更近

静下来，飘雪的日子不远

静下来，我便进入
另一个世界

静下来，我便已知
飘雪的日子不远

曾几何时，漫天雪花
像万千个情愫在飞舞

曾几何时，有一朵雪花
飘零着，百年孤独

夜莺

夜莺，黑暗中的隐修者
它常常在至暗时刻
守护生命的尊严

它蹲在那里，是一座灯塔
它飞翔，清扫夜色

上帝的酒

上帝喝醉了酒
他在酒桶里吐满了星辉

晃两晃，黑暗的酒底
腾起万物生息的轮回

蚂蚁捡到一根火光

蚂蚁捡到一根火光
把它当作
主宰宇宙的权杖
它灰黑的眼睛
闪过十二道光芒

我在它
前一秒方向
握紧手中流光
只那一瞬，倒进了
微缩的城墙

墙外，有个巨人
暴击着坚强
我只能跟随蚁虫
啃着，未来的时光

木卫三

木卫三关着的烈火
像是寂寞的漩涡
它在痴言痴语
最怕你还在难过

如果你愿意
愿意跨过天沟的坎坷
我就将撕开
地府与冥河的交错

木卫三早已看透
这光明的背后
你还是你，我就是我
我愿意把三千年走过

小羊吉米

一只叫吉米的小羊
用羊的整件外套
披在一个人身上

被天堂流放的人

被天堂流放的人
心中有一盏残灯
照亮天空之城

被天堂流放的人
像困在水井的精灵
碰碎月亮的心

被天堂流放的人
他衣衫褴褛，手执拐杖
正从人间走过

山顶洞人

他们离太阳最近
却有一双黑夜的眼睛

他们离大海最远
却有一颗澎湃的心

他们不会在火堆前发愣
只因他们一直在寻找光明

重生

被阳光和雪埋葬的生命
在奥林匹斯圣殿里重生
我们匆匆错过的不是命运
而是在神祇的世界里
复活的忠诚

阳光部落

有个世界从未遗忘过我
它们乘坐十万艘挪亚方舟
在远古的旷野穿梭
每经过一处
为绝望和爱赴死的废墟
它们都将行使奇迹的权力
为惊醒的寒露
附上生命的颜色
我仿佛破译了世界密码
在重度折叠的宇宙

从明天起做个好人

从明天起，做个好人
养花、种草，管好自己
从明天起，照顾好家人和猫咪
我要带着他们，云游四海，舒心惬意
从明天起，我要拜访每一条河流
感受她们清新自然的诗句
然后用这份美好，祝福我身边
所有的亲人和朋友
让他们，每天都拥有好心情
夜行人，我也祝福你
祝福你有一个星光灿烂的前程
祝福你在奔波劳碌中找到快乐
祝福你在人生旅途中
和我一样，也愿做个好人

总有一朵花向你微笑

总有一朵花向你微笑
它会是春天的信使
忽略了沙漠冷峻的真实
用夺目的光彩
即定你美好的前程

总有一朵花向你微笑
它感谢过欣慰的天地
把浩荡的正气
洒入花叶间
用不对称的美丽
向你展示五彩缤纷的梦

总有一朵花向你微笑
或许它是带刺的玫瑰
或许它有一颗玻璃心
嘘！小心点！你要
轻轻又轻轻
不能让它们轻易破碎

放羊娃

放羊娃
把太阳赶上山坡
顺手在风中
摘几只云朵
正如他盼望
云朵变成棉花

后来，放羊娃把羊群
赶上天空
让它们变成群星闪烁

阿 Q 胜利了

阿 Q 胜利了
终于挤出
脓包肿胀的血
比王胡溅出
更大的面积
阿 Q 胜利了
不再让小尼姑
偷卖传统
阿 Q 胜利了
走向大同
他成了先锋

我倒在一首诗里

我倒在一首诗里

在文字间不能自拔

当悲伤涌上来

一切都变成解脱的童话

我忧郁、孤独

这或许是句垄之间

倒叙着迷蒙

人生

我们朝着同一个方向
死亡的终点，出发
乘坐不同的交通工具
多舛苦难的命运
或是，风平浪静的生活
从出生的那一刻起
一切情绪
被撕裂，被无限拉长
然后，再被风霜雪雨
熬制出，不同的经历

消失的野马群

散落草原上的群星

带着光焰飞奔

它们撕开时空裂缝

在风中悲鸣

一道道闪电坠落尘埃

它们用热血与花香

浇铸成高贵的身躯

我在凝望

天空下的夕阳

光明与黑暗

在时光中交替

黑与白

黑在鼠窝中

窃取了月色

黑在人间

狂欢着黑的泡沫

白在百合芯里

飘出了云朵

白在银光中闪烁

文殊菩萨的海

婆罗夜，婆罗夜

幸嗟，幸嗟，魔谒，魔谒

骑驼，骑驼，揭若，揭若

漫夜劫雾凋零的枯叶

海经山诵，缘起缘灭

文殊，文殊，智慧的海

菩提耶，菩提耶

根生，根生

镜花照耀的明月

菩提耶，菩提耶

魔谒，魔谒

荷莲绽放的雾夜

揭若，揭若

婆罗，婆罗

骑驼，骑驼

智慧的海

婆罗夜，婆罗夜

揭若，揭若

镜花照耀的明月

根生，根生

缘起缘灭

婆罗夜，婆罗夜

揭若，揭若

菩提耶，菩提耶

我和你

我和你

忽视了

土地的弯曲

只能请白云

代写一篇游记

或许

它比我们

更明白

生命的意义

静听蝉鸣

黑夜，送给蝉
黑色的眼睛
蝉用它，在地下
艰辛潜行
在黑暗的世界里
蝉的躯体蠕向光明
那漫长的
十三年，或十七年
蝉常与死神为邻
它仅仅抓住
改变它命运的树根
这来自冥界的精灵
来到地表后
却用它的九死一生
向世界
宣唱光明的歌声
我在院落一角
静静听它
悲壮的嘶鸣

和大海干杯

我把月亮装进酒杯
和大海干杯

和大海干杯
我就有了一颗海洋的心

在遥寥的星空下举杯
我就是海洋的孤星

茅屋

如果一个人
用秋风
收割茅草的心
茅屋里将藏着
一颗
最美丽的眼睛

林荫下

鸽群在树梢上空

带着哨声飞翔

它们把时光变成翅膀

我坐在长椅上

望着宽阔街道

疾驰而过的汽车

感觉着它们

心中的方向

此刻时间是静止的

我把世界微缩心中

慢慢变成一个水晶球

我心中的风暴

慢慢安静下来

古老的歌

古老的歌
是天堂的钟声
它萦绕在心里
暗示你要完成使命

辑三

七彩世界

剩下的日子

剩下的日子，我将与你虚度时光
买一个小院，建两处花房
欣赏它们美丽的模样

我们还要垦一片荒地
养几只牛羊，顺便滋润果树花香
我们更会珍惜粮食和蔬菜
因为这一切，都是我们田园的梦想

我只想和你一起，与落日散步
直到乌云的海不再光亮
但我们还可以继续消磨
海风、潮水，与星光的时刻

剩下的日子，我想和你云游他乡
曾经的我们，像不停的陀螺
奔跑在生存的路上
这绝不是我们想要的模样

剩下的日子，我想和你打马过草原
我们曾经热泪盈眶

每天都盼望，像风一样自由奔放
我想我们会终将所想，任彩云飞翔

剩下的日子我们无比安静，不再彷徨
只因我们恬淡得像天上的白云
一心只想着诗和远方

一只报春鸟

一只报春鸟

醒于人间

它的眼里开满了

春花的灿烂

它飞过田野

飞过高山

飞过花落的从前

它在风中

越飞越高

越飞越远

像一道闪电

誓要将

天空的梦点燃

它更像

云海里的精灵

轻轻舞动着春天

风起的时候

我想，在风起的时候
去拜访一个部落
还想看他们
澈蓝的眼睛

他们活成
花开的样子
钟情于吐露
极致的坦诚

他们都有
乘风的翅膀
却不愿与太阳
靠得太近

他们能感知
遥远的风景
因为，他们的心
如露珠般晶莹

我想，我爱过

他们的眼睛
里面装满了
晴空的辉映

我想，我爱过
他们的今生，因为
他们像风一样
穿越世界自由驰骋

从黎明开始

从黎明开始
我要认真倾听
每一声鸟鸣

感受它们
欢快的歌声

我要告诉
身边每一个人

我们要像鸟儿一样
对生活充满
热爱和憧憬

美妙时光
稍纵即逝

何不让
每一分，每一秒
都变得精彩绝伦

我们只需
把内心变得
更加沉稳寂静

才能慢慢地
去想，去看，去听
去深刻体会
世界的精彩纷呈

从黎明开始
朋友，请放下
紧张的心情

生活虽说艰辛
却时有快乐
我们何不坦然面对

从黎明开始
朋友，请规划好
你灿烂的前程

每一座山
每一条河
每一片草原

它们都愿

看见你

欢呼雀跃的身影

爱的影子

你若飞翔
我便是你飞翔的梦
你若痴情山水
我就化作山水之上的彩虹

你是小心思、小诡计、小秘密
我是你小宇宙的小旋风
围着你转，陪着你笑
我便有了爱你的欢动

一生的日子不长，爱你的时间太短
你是我心中的
每一天，每一小时，每一分钟
我与你如影随风
大海星辰，朝朝暮暮

紫荆花的春天

你从春寒中醒来
穿着龙鳞的甲片
在山间、田野、街边
为辛勤劳作的人们
助威，呐喊

你从月海的背面
乘着龙辇，奔袭在
黎明的天边，只为
将万紫千红，渲染成
多姿的画卷

清风香你千百遍
我却把你比云天
紫荆花啊！
你从三月的酒杯中
倒出了尘世的幻变

我愿戴上你
庄严的冠冕

如果能重新来过

如果能重新来过
我愿化作一把古琴
每天发出悠扬的声音

如果碰上有缘人
我愿与她
同谱一曲高山流水

我们婆娑林间
每一次转身，都能化作
溪涧蝉鸣，永恒的歌声

如果能重新来过
我愿和心爱的人
一起躺在古色古香的琴盒里

宝贝不哭

宝贝不哭
我们要回家过年
路上拥堵
是风雪对我们的考验

宝贝不哭
车内狭小却有温暖
爸妈小的时候
也天天盼着过年

宝贝不哭
手机里还有
爷爷奶奶的旧照片
他们在村口
等着我们归心似箭

宝贝不哭
这里还有
最后一包方便面
爸妈不饿你吃了
会比平时更解馋

宝贝不哭

等回到老家

你的嘴巴一定要甜

才能让爷爷奶奶更喜欢

他们年前

都是掐着指算时间

宝贝不哭

过了新年

你又会大一岁

爸妈身体也不如以前

你要好好学习

让爷爷奶奶

每天都有开心的笑脸

宝贝不哭

你看！你看！

爷爷奶奶都在村口等着咱

他们在的日子我们要多多想念

等你长大了就会明白

幸福的时光总是十分短暂

宝贝不哭

我的手机还有点电

你赶紧给爷爷奶奶

打个电话报平安
他们平时舍不得吃和穿
留下最好的等我们回家过大年

宝贝不哭
现在赶紧把眼泪擦干
下车后见到爷爷奶奶时
千万别让他们见到我们心酸

我们千辛万苦也要回家过年
等你长大了你就会明白
为什么爸妈
也盼着你能常回家看看

指尖

你短短的指尖
一点儿也不好看
丑丑的样子
只配拿去烧炭

你的指尖
会把金钱富贵相连
你的指尖拿捏着
人世间的长短

你的指尖
掐指会算
看来你也艳福不浅
千万别忘我托您福艳

指尖还是那个指尖
不过它会生出
层云的幻变

懂你

风儿吹过
弯弯的小溪
饮马的汉子
他用一生
爱护这片土地

神奇的雪峰
要给草原
做一身绿色的嫁衣

梦里的阿依古丽
多想把你紧紧搂进怀里
多想在你怀里甜甜地睡去

煮茶

煮茶，能否
煮出雪花的沸腾
煮茶，能否
煮出黑夜的眼睛

那茶壶的呻吟
能否给湖水
一个全新的启程

我是那湖水中的
一朵花啊!
在人间
辗转着飘零

结局如同
淡淡的云影
在壶嘴处
吐出波涛的心

七彩世界

如果，我们换个角度欣赏
——多彩世界在飞扬
眼中炙热的火焰
可焚尽，爱的苍凉

鱼儿欢游，鸟儿飞翔
骏马奔驰，溪泉歌唱
有声和无声的群落
它们都有各自主张

或许，人世浮沉的烟云
过于孤芳自赏
或许，人心的欲望
迁就了疯狂
造就我们目空一切
自认为是最高类灵长

为何寄情山水
为何把宠物喂养
为何任由白云流淌
为何钟情恬淡花香

一切的一切，都说明
在平行的世界里
我们活得太虚妄

贪心的人类啊！
请给我们精致苍老的宇宙
留多些岁月空间
——让我们尽享时光的悠长

清风才子

你楚楚地出现
戴着鲜花的容颜
微微蹭着我的脸
时时吟诵着，动人的诗篇

为何你和百鸟
相知相伴，轻灵着
日月的辉艳，在烟雨中
徐徐展开，山水的画卷

你爱怜碧空的影
把它铺在湖水中
呈现宝石般的澄蓝
你多情，你娇喘
你用笙箫的曲子
伴着江火独眠

你在桃红绿柳间
寻一处瓦檐
用铃音的笔
谱写出春光的天际线

那翻飞的燕儿

是你挥动的符点

企鹅的考麦斯

风雪面包
喂养极光童话
一千条路
踩在脚下

幻世的冰晶
你可知
考麦斯的夺命天涯

我把一世冰雪
融化在薄冰的击发

今生考麦斯
来世嘉年华

和落日一起散步

我只想和落日散步
品尝它的古老，景仰它的光辉
或许它能安慰仓鼠
趴在牢笼边，张望的眼神
让一颗渺小将逝的心沉睡

我想和落日一起散步
与它远赴千山万水
不管这个世界曾经爱过谁

请看小溪，珍惜地露出翡翠
请看松蒿，将一缕缕光
挂在心头，低低地垂泪
它们都将被感动
只因夕阳下，那一抹余晖

蒲公英的黄昏

黄昏

对折出一道痕

生命在这条

狭缝中奔跑

一朵蒲公英

在春天一晃而过

像扑翅的蝶

逐着月光的梦

我有幸遇见它

在城市的角落

它像一个哭泣的孩子

躲进黄昏的阴影里

像一根银针闪烁

得到与失去

得到，不要轻易

沾沾自喜

是你的，需要更加珍惜

你看，久旱的沙漠

得到了春雨

瞬间，就悄无声息

金钱、权力和名誉

像风中的游戏

它不会永远属于你

稍不注意

它就会在你手中失去

只有真爱

才能感动天地

幸许，失去会让你

明白更多道理

当你感到无能为力时

你才更懂得珍惜

马齿苋

河流、山谷、草坡、绿地
给了马齿苋一个安稳的家
它们却想集体出逃
与浊波浮萍为伍

那种放荡的自由
在它们看来无拘无束
浮萍挤在一起密密匝匝
天天在看人间笑话

浮萍无须根深扎土
只随风漂泊，让生命放逐
马齿苋也想过这种生活
于是他们涌进浊波里

离岸后，根在水中窒息
像堕落后的挣扎

那个夏夜

我们分别多年
再也没遇见
茫茫人海
你身在何方？

那个缠绵的夏夜
我们彼此相拥
在狭长木椅上折纸船
我们和船一起流浪
在那座黑色的公园
如今，你我已回不到从前
无论我多想再见你一面
过去的，注定不会重现

倘若有一天
偶遇在人潮
定难认出
你我沧桑的容颜

那个夏夜
月光忽明忽暗

注定我们今生

相聚又相离

川藏线上卖咖啡的兄弟

只因冈仁波齐的雪

印过八千贤能的足迹

只因蜿蜒的山路

让一切众生隆起背脊

万水之山源于

生命的勇气

你用炽烈的虔诚

诉说着平淡的传奇

我早已遇见你

遇见你痴心的梦语

我们在彼此的空间相遇

淡然间飘出咖啡的情谊

你在藏区像你即兴谱曲

那曲谱上售出的音符

是你心中颤动的天地

梦中那片汪洋

梦中那片汪洋
揉碎了夕阳
那层层涛声
簇拥着火光的天堂

谁在海边
忧郁而彷徨
她洁白的罗裙
在海风里飞扬!

我愿做一朵朵
颤动的海花
亲吻她
来时的模样

我愿做一粒粒珠贝
诞下大海的眼泪
把她金色的容颜
衔在嘴里

等着你

冥冥中，我感知到你
你在未来的空间小憩
身边是潺潺的溪水

有一座木屋
它只属于你
慵懒的时光
在茶壶里
咕嘟咕嘟地冒出声响

远方的客人
正捎来幸福的消息

猫

猫的知识渊博
常在夜晚打捞月亮
用爪反复论证
在外力的作用下
能否改变
月亮的大小和方向

猫掌握了
生物学的精髓
它会在黑暗中
给黑暗
致命一击

猫最强的学科
是风靡世界的
军事心理学
在与人类交往中
充分运用了
动静结合的战术

你若伤我

我就闪展腾挪

你若爱我

我就任你抚摸

梦醒时分

梦醒时分的眼睛

一半是黑暗一半是光明

眼睛里的黑白分界线

能把梦境和希望分清

黑夜的沉闷和黎明的清新

是时光的两个身影

而我无须仔细把它们辨清

忧伤和欢喜

都是生活的姿势

失落和昂扬

都经历过梦中的征程

花开迎来太阳的微笑

花谢送走大海的涛声

枫叶的影子

枫叶的影子

因枫叶而生

无论枫叶的颜色

由嫩绿变深绿

由深绿变橙黄

由橙黄变火红

而它却始终

保持黑白分明

枫叶的影子

用春夏秋冬

绘出枫叶的生平

指状、羽状、掌纹

每一笔都是

枫叶成长时

斑斓的梦

雨大任风吹

下吧！指尖握着风吹！
那一丝丝偏执
雾散也驱不开的心碎

我不是生生世世
随你诵经苦盼地轮回
雨打风吹，天地善归

雨打！风吹！
吹过世间枯萎？
我在风雨里摇曳
任雨打！任风吹！

牧羊姑娘

太阳照过的山冈

是我思念的地方

谁在青青草原

孤独地放羊

天上飘过的云彩

悄悄陪着我心爱的姑娘

她走过的牧场

是她热恋的花房

我愿做一只小鸟

每天飞在她身旁

看她美丽动人的眼睛

和她简单快乐的模样

我愿走过了草原

跟她去放羊

月中仙子

月中有仙子

弹得一手好琴弦

试问仙子，今夕是何年

星途远，未问余韵何处传

海石心，棱未圆

青首白发寸肠断

红油手黄花残

青山默默书静言

罢！罢！罢！飞花溅！

雀鸟心惊困长眠

我自取蛾粉扑灯灭

久去红尘甚相远

星光之酿

星光酿出的人生
是一段奇幻之旅
漆黑的夜空中
闪烁着求索的光芒
牧场在风花中洗荡
露出原野的清香
我愿做冲天的云雀
蓝天白云间飞翔
我愿俯下身躯
把蝼蚁端详
从它寂寞的眼中
收集星空的光亮
云溪深处，野果琼浆
酿出，时光的影
把三千里云和月
深深埋藏

紫荆花

三月的春风里

我期待着醉人的相遇

让忧郁的往事

随风而去

你站在街边的风雨里

折叠出紫色的花季

把游子的憧憬

谱写成春日的序曲

我转角遇见你

蓦然惊觉你的艳丽

你用最热烈的紫焰

燃烧到天际

我在春色的烟雨里

追寻着青春的尾翼

是你墨香熏染的花瓣雨

飞扬着人生绚丽的传奇

窗前

我静静地坐在窗前
黄昏，阳光照在餐桌上
就这样，静静等待时间流逝

窗很亮，映射着窗外的夕阳
车在道路上行驶
人在街上匆忙

我就这样看着窗外，安享
这美好时光
生怕，宁静被惊扰
打破属于我心灵的牧场

外星人来了

外星人活得比地球人傻
它不敢当着地球人讲瞎话

外星人活得比地球人难
它不敢像地球人活在谎言下

外星人活得比地球人贱
它不敢像地球人端着饭碗全趴下

外星人来了
我也不想见它

外星人来了
我也不想睬它

它的神级文明
离我们太远了

外星人来了
我也不会去管他

毕竟我们目光短浅

只想找个好爸爸

小熊菲菲

小熊菲菲
是妈妈梦中
诞下的宝贝
它在试图理解
明亮的湖水

后来，它们
钻出黑暗的影子
在雪峰下面
领走风暴的装备
只留下
旷野的纯粹

我来自 3083 年

我来自 3083 年
现在的世界
很多国家还在
自编自演

我来自 3083 年
现实的世界
绝对和我无关
那狭隘的豪情
只会骗初生的鸡蛋

我来自 3083 年
有一点我可泄密
一人一世界
可藏下所有虚幻

新年

我把月亮擦得发亮
用竹竿挑着它
郑重挂在，窗外树梢上
顺手扯下几颗星星
点缀在它身旁

我给墙角竹梅
添几笔暗香
让它掩去
旧尘的时光

我尝试让茶几
忘掉往事
让它换上好心情
在晨曦中锃光发亮

因为我知道
新年正悄悄爬过山冈

胡杨的老寒笔

胡杨有支老寒笔
写满将来的空盼
曾经的斑彩
闪着金银
像梦，华贵般失散

过去一千年
它用花开花落
把大漠渲染
那朵朵的小白云
写满清香的思念

如今一千年
它手执西风外沿
捂住残败枝头
向着斜阳
写满酸怆凌乱

谁又知
将来一千年
它这支横卧的老寒笔

会不会
错置时间

或许生命不容你
将油灯点燃
那浮生的珠沫
只写下西风的萧寒

一把落花杖

一把落花杖
你怎舍，打了鸳鸯
那风中的飘零
可是相爱的心
化作空梦一场

我在温软
微醉的蝴蝶
洗清它们
凌乱的疯狂
秋天
搬走了芬芳

一把落花杖
撑开哭泣的西窗
似乎忘了
冷雾的虚妄
那曾经的欢欣
只留下，一腔幽肠

我信得过

夏夜的幻变
珠贵宝玉的溅落
可换来
夜莺山泉的喉嗓？

一把落花杖
你同谁争纷
难道是
想让荒诞的夜
捂住灯盏的光
去敲碎夕阳？

寂寞的倒影

寂寞的倒影

沉在记忆的水井

谁会在秋风中

停一停

那山，那水，那月

还有一树花开

冬日

我像冬日里的凌霄花
拖一条细瘦的尾巴
在墙垣上张望
无力地攀爬

我在斜阳下
惹来北风的冷
换作心中的琵琶
侧弹着淡影的水墨画

驴

驴活得不容易
驴在命运中叹息
驴的肠子藏了很多憋屈
驴也不想被人骑

驴头对马嘴不服气
驴在悲欢中扬扬得意
它的鸣叫仅存一亩三分地
可能驴子只能活出驴子的脾气

活着的我们
不妨试试和驴比

驴千万别想
活得有出息
驴也踢不出什么传奇
驴在驴的日记里
写下我始终还是一头驴

岁月

一辈子我们在
岁月的山谷相遇
我把沉在心底的罗曼尼
捧出来，葬于诗篇
我在这里
听你的呼吸
像在精致辽阔的宇宙
读懂你古老的思绪
我在岁月中
种一朵花
不管昨天、今天
与过去

路上

路上，抛一根烟头
会不会点燃
一片海洋

路上，踢一颗石子
会不会
改变寂寞的方向

路上，把所有车灯
抓在手掌
伸出闪耀的光

我在听
喧嚣的波浪
浮沉的事
交给苍凉

当你累了

当你累了，想睡了
请读完我这首诗
细细品，你曾经意气风发的时候
多少人羡慕你的热血青春
你也认为有很多美好的前程
可现实的残酷，会让你清醒
不管你曾经有过多少幸运或遗憾
但你收获了无比珍贵的人生
请静下心，看看天上坠落的流星
它从不诉说经历过凄冷的夜空
却在无垠的旷野中划破了天际
留下一道绚丽的光芒短暂而永恒

星空下的一棵树

一棵望着星空的树
走过书中的万里路
它用一生时间
去读风霜雪雨的典故

它把心沉淀下来
深钻泥土
在藏着火花的黑暗中
寻找倒在书中的企图

百年不短，千年不长
它用毕生所学
参悟了反向的前途
自此，它成了世界的赢家
对人间的纷争往事
从不羡慕

我听到了你

我听到了你，就像听到了自己

我听到你的寂静，却无法触及

我听到你，有一颗

波浪形空气的心

却能充满我整个灵魂

我听到你一个缄默

却能闪烁黎明

我听到你花开的声音

却能带走我的梦

我听到你，碧水湖蓝的眼神

却把月亮惊在原地发愣

我听到你有条不紊，就如你在听我

一生遥远而明亮的心

墙里墙外

墙外有海螺呜咽

和娇羞的玫瑰

我却不能摆弄手锤

凿一个豁口

面朝大海直迎风吹

我蜷缩在角落

听着远山深情呼唤

那是自然的清影

不像墙内人设的诡异

即便再美

也是杂陈的勾兑

或许在庭院深深处

凿一眼水井

能让皓洁的月光

漫溯一帘星辉

阿尔道夫·门采尔

我要惩罚

阿尔道夫·门采尔

让他像农妇

一样去洗菜

我用内心去诅咒

为何作画时

不让人看得更明白

谁在假唱

谁在假唱

高贵得像月亮之上

谁在假唱

唱得人心彻底悲凉

谁在假唱

浪费了多少美好时光

请假唱让一让

我们想听听

自然的百花香

在我们心头

轻轻流淌

池塘里的泡沫

池塘，从翻滚的河水中

摘了几朵浪花，制成标本

它要告诉，塘中所有居民

今后生活将会，风生水起，云波千里

可角落的泡沫，在炸裂，在偷笑

因为，它们知道

淤泥上的水草，还在集体狂欢

正商量着，如何才能一统江湖

风中的狗尾草

风中的狗尾草

捎来百花

绽放的消息

它却平淡地

走过四季

小小的尾巴

悄悄潺动着

时光的涟漪

十八年后

十八年后
麦田里
稗子草还会疯长
再过十八年
麻雀都知
稗子有黑心

狐狸的赌约

两只狐狸在草原上
都欠下了巨额赌债
它们都不想自己还
然后坐在一起
商量转移债务的方法
因为大家都知道
它俩是十足的赌徒
那最好的办法
还得靠赌的本色出镜
于是它俩签下对赌协议
谁能把草原上的草拔干净
谁的债就由对方还
兔子们听到这就急了
赶紧从窝里跳出来制止
你们把草拔完了我们吃什么
俩狐狸对视一笑
你们吃什么，我们不知道
我们只知道，吃的就是你

虱子

虱子狠过跳蚤

华贵在皮袄中

挤出脓包

看谁藏在窝里

成功做回小小鸟

温暖的阳光

就如追光灯

在命运的头上

插一根稻草

星河之漾

为何我的世界

还没绽放花开的梦想

难道要落叶归根时

才能倾听大海的欢唱

生活中的万般不易

倒映着难舍时光

我是不是还没学会

如何面对澎湃的欲望

看看吧！秋日来临时

树叶沙沙作响

它把最后的枯黄

融进暮色下的夕阳

即便夏日光辉已散去

它也经历过

狂风暴雨中的坚强

我是不是还没学会

静待灿烂寂寞如偿

那就让现实变成

梦想的拐杖

挂着枫林的晚风

去寻找星河之漾

缘

清风借我，
一世的缘分，
要我去擦亮，
黑夜的眼睛。
我却在等，
花开的声音，
让光阴，
醉倒黄昏。

星光使者

如果生命

是星光催开的花朵

那她一定拥有

神秘的颜色

落地蝉声

摔碎一生烟云

点燃了

星星之火

青芒褪去

尘封的嫁衣

露出使命的脉搏

生命在星光下

相约而来相续而去

星云深处

谁曾来过

火星人

昨晚，火星人来了
说了几句火星语
没听懂，像要交易
我猜他不会
要我的肉体
还没完全免疫
我猜他不会
要我兜里的手机
里面全是，公开的秘密
我猜他不会
把我当儿戏
我也来自，银河系
心一急，梦醒了
赶紧起床，搬砖去

国窖星光

长江、沱江、赤水河
一往情深地相拥
他们把日月的精华
在泸州的青纱帐里分装
从 1573 年开始
每粒高粱籽都汲取了
绵柔与炽烈
承载着泸州人的酒量
今夜，满上一杯
国窖 1573，一饮而尽
把日月喝进胃里
于是看见了
日月下的爹娘
五谷不负原粮盛名
化身 52 度佳酿
丝滑地从喉咙奔袭而下
瞬间翻倒了我腹中的
痛楚、豪情、悲壮
再饮几杯国窖 1573
梦里尽是泸州窖池里
酿出的星光

这星光，缝合了
我心中的苍凉

如画增城

增城

诗与鲜花

浇筑的明珠

翻滚着

清墨的波痕

水墨冷笔

浸润了青石板

把光阴化作

青绿的魂

又闻

鹤舞阳春

喜添一壶浊酒

与水落琴声相逢

秋酿的茶

从春到夏，古曲喜欢琵琶
未到秋酿，埋伏出真假
笙箫把尘间的凝望
汲取脉动澎湃的丝滑
微起的时光涟漪
热烈着新出的神话
天底下谁愿品
一片枯叶用秋雨
浸泡的古茶
添些风霜，佐点秦腔
透着微光看一幕韶华
枯叶在微寒醇香里
描出婉韵秋酿的图画

沙枣树

如果时光，可以倒流
我要找回，七十年代的沙枣树
它属于我，不止一棵
盼望从春天的，小黄花开始
淡香中，透着甜蜜
心里早已在，主持大局
采一束枣花，送给小丽
她会悄悄告诉我，珍藏的秘密
扯一段刺枝，送给情敌
好让他小指，留下刺痛的经历
时光把花蕊煮成青果
涩涩的味道，被我吐满地
满树的雀鸟，高举着红旗
它们是胜利者，吹响军号
扔下，击穿的果粒
等着吧！我会和它们一样
待秋日，抢占枝头插满红旗

麦草堆

麦草堆里，藏着幸福

它是一座，神秘的安全屋

童年的我，是它的老主顾

从高处，跳进水晶宫

从高处，跳进神仙洞

从高处，跳进幸福窝

从高处，跳进带着阳光味草花香的十里铺

从高处，跳进敌后武工队最隐蔽的伏击点

直到最后一跳，跳进了时空洞

于是我变成了现在的模样

真想回去再跳一次

母亲

小时候我躲在花丛

妈妈拾起我丢弃的衣裳

那一阵清风和阳光

在我心头荡漾

我背起了行囊

远走他乡

妈妈坐在山前

守候落下的惆怅

妈妈的世界

是沸腾的期望

仍想一世

追着我，缝补破烂的衣裳

妈妈是一汪不老的泉

突突地冒出

一坎坎心眼

怕我着凉

妈妈是一道道

不会破防的网

一辈子

想把我网在中央

我想流浪远方

妈妈织起希望

就如她

嫁给了阳光

如歌行板

狂欢的黄金时代

篝火燃起来
羚羊肉烤起来
浆果的水酒
醉倒我们一排排

阿雷，阿雷
闪电的歌声
让我们更加豪迈
哦吼，风儿更明白

我们在洞中
都是自然的存在
大姑妈和二舅
跳舞不讲什么形态

风花让我们颜面
秀了一圈嘟儿呼嗨
裸奔的故事
露西砸下柠果来

哇呀呀！哇呀呀！

那个小子
眼神里透出表白
走，你追我赶
看谁跳得更帅

快看那个老太太
颐养天年笑开怀
我们都是她的子孙后代
敲着竹筒要她给我们
讲讲火星曾经的花开

呼儿嗨呦，呼儿嗨呦
凤凰飞过瑶池台
呼儿嗨呦，呼儿嗨呦
激扬的心情喊出来
最美还是我们黄金时代

千里共婵娟

你的声音在极远处
我却能听到你的呼唤

你有一份美好
让人向往了几千年

有时你把星空
渲染成思念的颜色
让往事云烟浮现
不得不让我的灵魂
重走万水千山

我在读你
无时不在的诗篇
你在读我
时常悲欢的容颜

有时我的沉默
遥远而悲伤
你只在云中悄悄走过
就足以慰藉

我心潮涌动的瞬间

有时我声嘶力竭
厌透这无底的深渊
你却把稀疏的星点
装扮在山前

自此我的心
就有了光影的样子
落下祥云一片片

如果你的光
是一寸寸燃烧的火焰
请允许我
将内心美好点燃

如果你的圆满，饱经风霜
请允许我站在花落的风前
感受你，喜极而泣的久远

这个世界我曾来过

这个世界我曾来过
听过高山大海
虫鸣鸟叫的声音

这个世界我曾来过
看过百花齐放
春光无限的缤纷

这个世界我曾来过
和挚爱的人相伴一生
和可恨的人了断孽缘

这个世界不管良善邪恶
还是狡诈真心
我始终没被蒙蔽眼睛

我喜欢静静地等
等良宵欢娱的时刻
等天道轮回的报应

这个世界不管真情或假意

还是残暴专横

遥远的星空还是那么楚楚动人

我算什么

不过就是时间的过客

在一秒秒光阴中独善其身

你算什么

尽管你是人中龙凤虚妄骄横

怎可能主宰万物的命运

他算什么

不管他在地球上是什么身份

最终也会葬在风尘

请看旅行者一号

传来星空的影

它肩负人类先驱的使命

这个世界我们都曾来过

生命是多么渺小

请不要带走太多遗恨

三千里童话

三千里童话寂寥如沙

五万里风烟飘真假

岁月梳理过矫情的奇葩

何时能让翻腾的云蔚落山

影影绰绰的神啊！

为何你不能放逐天空的木马

让它踏遍千山万水和云霞

无所不能的神啊！

何时你才能上演

星月的童话

别样的春枝发芽

汲取纤云的丝滑

丰盈的花管膨大

吹响幸福的喇叭

丛林里的蓝精灵啊！

你到底会不会魔法

为何阿兹猫

还甘愿当格格巫的手下

三千里路，三千里童话

三千里云和月

是否当真是，幻世里

揪心的图画

静待花开

我看你像窗前明月的天
初放着碧玉般的娇艳
那青色的柔云
在你眉尖舒卷

北风不忍带走你心中的暖
它在山谷留下冰晶的誓言
让萌发的种子轻吟

我在静待春雷的呼喊
任呜咽的溪流许满三千愿

我看你像青柳下的飞燕
明亮的眼神
透着春光的幻变

你轻盈，你娇嗔
喉嗓里婉转着
一树一树的絮言

那泛着粼粼波光的河面

是你轻舒的画卷
那百花戴佩的冠冕
如若你今生的初见

我在静待人间春风化暖
娉婷着花开的月圆

你是彩虹的天

你是东风笑响的光焰
把天空的梦点燃

你是南国的思念
盈动着清波的欢颜

你是北国的飞雁
慰藉着云天的尘缘

你是四季
轻转的笑脸
明眸中透着灵闪

你是朵朵心花的璀璨
闪耀着鲜艳的幻变

你是雷鸣
你是电闪
你是八面的来风
娉婷着今生的初见

我说你是彩虹的天

缱绻着人间

一世的情缘

梦中的光芒

来到这个世上
我要走出
梦一样的光芒

不管身处何方
无论路有多长
我绝不会
在叹息中迷惘

既然来了
为何一生还要
在孤独中惆怅

既然来了
何必在乎别人
异样的目光

路在脚下
心在四方
即便穷困潦倒
我也要追寻

梦中的希望

既然来了
为何还要慌张
谁还不是
从出生
就走向死亡

即使我活得
像一只
卑微的蟑螂
我也要攫取
那电闪雷鸣中的
火石亮光

生命不止一次
被轻薄过
尊严也不止一次
被践踏过

可那即将
被焚毁的坚强
谁说它不会撑起
梦中的航向

我一路走，一路想
一直走过
那寂寞的彷徨

我一路走，一路唱
一路走过
那梦想照亮的远方

思念的味道

思念是太阳的眼泪
燃尽无穷的光辉
思念在尘土里萌芽
璀璨出生命的夏花

思念是一种枯萎
像在雕琢天边的云霞
思念是一种过去
在天空倒放时间的影

思念是逝者弯曲的心
它在凝视，惊雷的眼睛
我给思念打一声响指
让信仰在审判前重生

莎依娃

是谁把明月送到我身边
是谁悄悄带来我梦中的晚霞
是谁轻轻唤醒我心中的浪花
是谁让我走进三千年的神话

是谁在风中扯住云霞
是谁在我眼中种下十里桃花
是谁红唇烈焰吻出闪电火花
是谁用红裙舞出星空的童话

莎依娃，莎依娃
是谁把你带到我身边
莎依娃，莎依娃
你像天上的明月
快快披上我今生云霞

莎依娃，莎依娃
是谁把你带到我心里
莎依娃，莎依娃
你像天上的明月
时时照亮我心中的红霞

莎依娃，莎依娃
莎依娃，莎依娃
你像天上的明月
照亮我心中的海花

莎依娃，莎依娃
莎依娃，莎依娃
快快披上我梦中的云霞
带我去你心中深爱的家

致命运

我如何看见你

不再让我感到神秘

你从来不以真面示人

我知道你就在那里

你在吊塔的灯光中

微微透出几丝寒气

你在秋风掠过的原野

瑟瑟地向我点头示意

你在明天的日记里

留下一行行模糊的字迹

我如何知道你

不再让我感到惊奇

冥冥中你把我和你

拴在一起

你在前，我在后

我跟随你的脚步

走过春夏秋冬

走过雪山草地

没人看懂

我与你的关系

像迁徙的候鸟

追寻白云的踪迹
像洄游的三文鱼
急速掠过海峡两万里
人生或许就是
一次最悲伤的旅行
而如今我还不知道
你在哪里
我们共享星光的璀璨
似乎永远不分离
而我却永远见不到你
只知道今生
你是我的唯一

活出真正的自我

经历过太多
无须向谁说
浮浮沉沉
这就是生活
梦有一把锁
反复地斟酌
弯弯曲曲
难断地取舍
这就是生活
别管那么多
活着就活出
真正的自我
这就是生活
谁都有过错
活着就活出
真正的自我
这就是生活
谁都会寂寞
活着就活出
真正的自我

梦幻畅想曲

我在神那里
许下了今生的誓言
要用最痛苦的磨难
感悟人间
于是我骑上了凤凰
带着漫天飞舞的百鸟
离开了圣殿
隐约感觉圣殿将毁
那里曾是火星
最美的家园
回头的那一瞬间
裹挟着焰火的砖瓦
倾覆在幻影的空间
一场没有回程的旅途
就此在
未知的命运里上演
百鸟哀鸣，凤凰凄泪
史诗级的迁徙
将在地球的风暴中轮转
凤凰用光明的项圈
扼住过往的思念

要我在人间

不忘今生的使命

和圣殿里的诺言

于是我变成了

太空里的种子

在阴云的雨幕里

等待了三百万年

滔天的洪水

最终停止了咆哮

化作冰雪的纪元

我在雪原上

默默注视猿人的篝火

跟随他们行走在

猛犸群的中间

这样又过了

史前一万年

时光飞转

洪水再次泛滥

冲毁鸟兽

和人类的家园

经历太多

我终于厌倦

直接翻过

地球文明的几千年

来到我现在的空间

从投生的那一刻起
就决定了要迎接
肉体和灵魂的考验
苦难越多
就越能接近
文明的光焰
我自由行走在人间
用灵动的心
和布满伤痕的躯壳
在绿洲与荒漠间
穿延着生命的曲线
因为，我知道
我不能违背
圣殿里的誓言
我要在人间
把火星重建

如果一切可以重来

如果一切可以重来

我将做命运的主宰

选择一条

属于自己的路

随时可见高山大海

我将每一条河流

都赋予生命的颜色

让它装扮春暖花开

我将每一片草原

都闪烁着星空的梦

让逝去的爱成为永恒

我将每一朵白云

都饱含深情

让辗转的人生

苦尽甘来

落花

我的眼里

闪烁着花的泪光

它静落的姿态

容纳了我

所有的想象

寂寞忧伤

或许还有

自由彷徨

它飘飞的影

描出风的形状

它踟蹰的不舍

是缱绻的绝望

它踏足人间

却在风雨中迷茫

我守望着它

直至它枯死在

火焰中的笑容

汇成暗黑的浊流

终情所望

情之所到万物有光，
爱之所念心之所想。
白云是清风的歌房，
给蓝天谱上华美的乐章。
草原是雪山的期望，
滋润着肥美的牛羊。
鱼群是大海的波浪，
涌动着生息的力量。
森林是星空的伴娘，
将唯美的世界嫁到远方。
大河是山川的臂膀，
拥抱着金色的希望。
我把爱深埋在心底，
拉近我与万物的距离。
我把情寄给蓝色的月光，
让思念在草叶间静静流淌。
我不会孤独而忧伤，
目光里都是终情所望。
我不会忧郁而彷徨，
心中充满玫瑰的芳香。
我只知道真爱无敌，

一切都会得愿所偿。

我愿躺在柔绿的草地上，

听着溪涧虫鸣的悠扬。

我愿折一段柳笛，

奏出今生的畅想。

我愿行走在高山上，

把热爱献给诗和远方。

我知道生活的艰辛与不易，

但不会隔断我与梦想，

相交的轨迹。

请看彩云奔波千里，

也愿牵挽皎洁的月亮。

请看蜡梅经历风霜雪雨，

也愿绽放傲骨的寒香。

请听悲风怒号，

也愿在山谷久久回荡。

请听江河呜咽，

也愿万古流长。

这世界无论痛苦与死亡，

只要心中藏有歌舞阳光，

一切都会变得清涛碧浪。

夜色之光

悄悄剪一段旧时光

让它在芦花丛流淌

谁在银滩轻轻唱

江水依依偎身旁

静静舀一勺白月光

静浴蒙花布的安详

谁在月下轻轻唱

撩拨晚风醉人肠

我愿顺流而下

轻轻捧起白月光

我愿逆流而上

梦在风里轻轻扬

我愿顺流而下

渔火星光静静淌

我愿逆流而上

梦在风里轻轻荡

狮王的怒吼

迎风站立起来的英雄

快扔去你心中所有幻想

随时准备为你的幸福和自由战斗

你冲着远方的怒吼

早已传遍荒野和宇宙

鬣狗偷去了你的家人和朋友

你要为它们复仇

它们凶残贪婪的本性

对你从来不会心慈手软

恨不得把你全家啃成骨头

英雄的狮子王雷欧

你经历了饥寒交迫和痛苦的呻吟

相信你再也不会被豺狼的谎言欺骗

快丢弃你心中所有的幻想

荒野里随时充满残酷的战斗

迎风站立起来的英雄

你捍卫家园的嘶吼声

穿透黑暗让勇敢坚定的决心

随清风在稀树草原上四处传颂

我愿此生赐予你

我把我交给你
连同我的呼吸
从坠地那一刻起
我就属于你

我却永远看不见你
你在前，我在后
回转着现实与现实的距离
此生，我一直在追寻你

有时我非常焦急
有时我对现实充满恐惧
有时我对未知充满好奇
只因铺满荆棘与鲜花的路上有你

罗伊神曲

我疲惫地行走在荒漠

倒在丘陵的阴影中

把最后一丝气息释放

松软的沙土

变成温暖的梦床

我从鲜花开满的山谷走来

沿途听着云雀的歌声

走过草原牧场

肥美的土壤

养育了肥壮的牛羊

雪山下的冰泉

装满我踌躇的心田

可暴风骤雨后

是连绵不绝的沙丘

此刻罗伊在耳旁轻声呼唤

向前走！向前走！

或许前方有幽暗的森林

或许前方有险恶的凶滩

或许前方是涂满蜜糖的花季

梦境中的精灵

在描绘我大脑空间的云图

七彩的色调自由翻飞

轻快、沉重、常规、新奇

残阳用最后一次余晖唤醒我

黑夜又将来临

罗伊的神曲淡静在星辉里弹唱

马头琴声

风儿吹过
额尔齐斯河
阿尔泰山南坡
飘荡着白云朵朵

额尔齐斯河
白云在水面上飘过
痴情的小伙
在河边唱着动听的歌

马头琴声在草原上飘过
它要送给草原上最美的花朵
马头琴声在白云上飘过
它要歌唱草原人民幸福的生活

小伙儿心中最美的花朵
她在额尔齐斯河边听着动情的歌
听着马头琴声中的白云朵朵
她在向往马头琴声中的自由生活

笨小孩

笨小孩踢着路边的泥土
他想把野花感动到哭
笨小孩在心中画下隐符
让旁人对自己熟视无睹

笨小孩想用手指
抠下天空的眼泪
他想尝尝
究竟是咸是苦

笨小孩捂住笨笨的眼
从指缝间把孤独描述
笨小孩悄悄给白云一颗心
让它千万别惶恐无助

请把风遮去

我走过一千亩地
我想热烈地呼吸

我是风
想把我的一切
都遮去
风中传来
秋雨的消息
它在呜咽
呜咽曾经的别离

我是你心中的雨
用雨的声音
告诉你
我曾经
也想把风遮去

情与火

多少情与火
你在试图忘记过错
我在燃烧心中的怒火
匆匆人生你是否知我

我还好
那段柔情
走过的烈火
燃烧，燃烧
在寂寞中落寞

我听过你的歌
旁边椅子中
把五千年风雨
匆匆，又匆匆
卷过

我在天边
想想，为何
为何，还要在
诚恳中认错

青山的朋友

我是青山的朋友
名叫小溪
我喜欢，顺着它的发丝
流过一片片草地
欢快的鱼儿
是我忠诚的伴侣
它喜欢在我怀里
钻来钻去

我是青山的朋友
名叫小雨
是它眼中的小调皮
我喜欢把它淋成
青翠的样子
让太阳见了
会给它更多的鼓励

我是青山的朋友
名叫云朵
我喜欢与它做游戏
我常常摸着它的头

蒙住它的眼睛
让它看不清
自己有多少颗珍珠贝粒

我是青山的朋友
名叫风儿，我最喜欢
拿着手中的指挥棒
和它一起，尽情地跳舞
直到激情慢慢地散去

相遇今生

今生与今生相遇
不要诧异，不要惊奇
我们来自不同的天地
无论悲欢离合，还是喜怒相聚
一切都是命运，一切都将成为
最美好的回忆
今生又今生，或许
我们早已各奔东西
逝去的，我们会更加珍惜
我们至今都记得，彼此之间
有个与众不同的你

寻马

我要找一匹
快如闪电的骏马
让它奔腾在云霞
看它凌波微步的身影
把狂热烈焰踏

尘世的纷争
上演着喧嚣与浮华
破败的孤径
幽转出岁月的沉沙

寥如星空的童话
能否给我一匹
了却人间恩仇的快马
让我与它身轻如燕
宛若飘逸的云霞

留住幸福

我亲爱的朋友
你可曾留住幸福
请先将你焦躁的心放下
我们慢慢地去读

或许，你现在所拥有的
你还不知道它们存在的缘故
你拥有一个家，就拥有真实的牵挂
那是你用爱筑起的想念
让你在生活中，不会感到孤独

或许，你漂泊在人间
时常觉得不幸与辛苦
请先看看你身边的万物
每个有生命的地方
都在上演奔波与忙碌
它们乐此不疲
用最美的身体语言，诠释着付出

或许，你正为不能得偿所愿烦恼
那是一种神秘力量，正对你考验

你要学会用耐心与智慧等待
因为很多事情，时机还不成熟
属于你的，那是幸运还在蛰伏

我亲爱的朋友
你可曾留住幸福
今后，你要学会挺起胸膛走路
因为，你比很多人干净
你比很多人幸福

我走在风雨的街头

我走在风雨的街头
好想喝一壶烈酒
让我忘记恨与愁
让我止住泪长流

东风坡啊！白马洲
谁愿侍奉贪心的王侯
青草青啊！绿水绿
打死不做黑心的贼寇

头碰头啊！手握手
最不能忘记的是朋友
青山青啊！水长流
患难兄弟才是真朋友

我走在风雨的街头
老婆孩子贴心口
他们怕我喝烈酒
喝坏了身子心难受

三月三啊！九月九

打死不做黑心的贼寇
七月七啊！六月六
朋友多了路好走

六月六啊！九月九
家人好了，心好受
青山青啊！水长流
管他什么鸿鹄和王侯

我的情书

很多年以前
高中还没读完
曾与她初见
她笑得那么甜
那时我不好看
也没有时间
我却想着她
美若天仙的容颜
我拼命挤时间
只想借机出现
可我又怕早恋
只能用笔尖
写下我的思念
从我遇上你
我的世界已改变
从我遇上你
爱的世界永无边
那时不知啥是爱
只觉得她很好看
终于等到她回的信
信的内容好似闪电

又过了几年
两座城市两片天
信箱里全是她的思念
我写的情书也不断
我们用爱的闪电
堆满了所有的空间
谁承想后来现实
让我们成了分飞燕
后来许多年
我好想与她相见
茫茫人海里
不知她何时出现
茫茫人海里
我想让她看到
现在我写的诗篇
茫茫人海里
我们却无法回到从前

增江边

我喜欢增江两岸的灯火
让我时刻坐在旖旎的波光里

晚风涌进我的衣衫
它丰满、鼓胀、旋转

像一张帆，要带我
去到任何想去的地方

而我是多么笨拙、慵懒
只顾及，眼前悱恻的缠绵

那是一个秋天

那是一个秋天

大雁早已飞远

我和你的往事

为何被风吹散

那是一个傍晚

小河不停呜咽

我和你的誓言

为何化作云烟

我想留住那个秋天

让往事能够再现

我想留住那个傍晚

让小河不再呜咽

我想留住那段缠绵

轻轻拥着你入眠

我想留住那份承诺

陪你一直到永远

蓝蝴蝶

千年情缘织成网

我被你网在梦中央

繁华四季，孤独放

爱恨情仇，绽花房

梦中的蓝蝴蝶

你在人间悄悄望

梦中的蓝蝴蝶

你把我心捎远方

万年情缘梦成网

我被你网在梦中央

红尘四季，翻波浪

归去来兮，走一趟

梦中的蓝蝴蝶

你在人间捉迷藏

梦中的蓝蝴蝶

悄悄带我逐苍浪

过年

一点心酸一点想念

爸爸妈妈您要保重身体

多想听听你们唠叨

吃吃你们包的饺子

心里一直想着和你们相聚

人生多么不容易

你们教我诚实做人的道理

我一辈子都不会忘记

爸爸妈妈我知道

你们老想着过去的不容易

算了吧应该把不好的都忘记

重要的是保重身体

我多想给你们说说

真情与爱会让我勇者无惧

爸爸妈妈你们普通的道理

是善良的美丽

此致敬礼

我们长年在外

过得挺好请不要挂记

此致敬礼

就地过年你们也会收到

我祝福的消息

此致敬礼

我们门上贴着

老天送给我们祝福的情谊

好了爸爸妈妈

就写到这吧

大海之上

走了很久

我在等

誓言回来

相识大海

拥抱所爱

看那海水

蔚蓝表白

我要带着我的伤

燃放色彩

大海之上

千年成败

我要带着我的伤

汹涌澎湃

我要带着我的伤

等你回来

等你在大海之上

燃烧蔚蓝色彩

桥头

心里藏着期待，独自
彷徨在东门的桥头
匆匆的行人中
想捕捉到你的身影
来一段美丽的邂逅
一个海棠花般
藏着心事的姑娘
匆匆步履中
透着淡淡的哀伤
或许她像我一样彷徨
藩篱竖立在
异地恋情的中央
她默默地走近我身旁
终于我们相拥
桥头见证了
相守一生的百合花香

格桑的家

世喧嚣，寒夜入梦
远离了红尘，心如冰
山水依依，魂牵梦萦
你若苦等，年华伤身
残了此生，谁负光阴
格桑，转经轮
天空之城，神秘了几分
寻着雪峰，治愈伤痕
心执格桑，仰望空蒙
泡清鱼戏，花展玲珑
寻了梦，入了你的幻真
煞费了苦心，剥着往世今生
空陷了年轮，寻不到格桑的家门

古风情韵

千古棋盘

棋盘里马走日象走田

将帅对弈帐中把酒欢

朔气铠金甲今夕何年

风高望秋雪任凭飞雁

君渡奈何桥怎知贫贱

若晓飞花梨雨带泪涟

空走幡然七星一线牵

此景应是徒生空悲叹

千古琴瑟必有花枝展

涛雪飞尽塞外孤声寒

曲曲销得魂然又万千

我自寻道深知棋盘浅

八宫九格复斗又年年

欲使西径残阳通悠远

周公梦解纤云丝丝唤

奴生媚骨奈何又缠绵

君阁膝下复盘念万千

执黑苦子月落霜满天

何去何从

人生路崎岖崎岖又漫长
红尘里辗转了几多方向
似风花无意飘飘又荡荡
泥尘里依稀依稀泪有光

人生路唏嘘唏嘘又茫茫
尘缘梦妆染绛韵的画堂
似寒霜无意梅花冷自香
竹影里乱风又新曲旧唱

任凭我一壶老酒桂花香
但见了七盏星灯到天亮
任凭我妆染绛韵的画堂
寒夜里无意竹影乱风冈

任凭我一抹残香装行囊
泥尘里依稀依稀泪有光
任凭我缘起尘世别夕阳
怎见了唏嘘唏嘘路漫长

雁秋声

秋风起，清寒衣
冷光扑面霜满地
游子吟，雁秋鸣
月明星稀愁云低
天苍苍，夜茫茫
寒光照影孤寂寂
雁秋行，穿云凄
声声漫漫驰千里
尘如梦，辗作泥
繁花落尽淅沥沥
游子行，游子意
愿随秋雁行千里
秋风起，清寒衣
寒光照影孤凄凄
游子行，游子意
愿随秋雁行千里

高中同学聚会

白首匆匆偶相聚，云拍天涯歌无绪。
同窗书声依旧在，犹叹故园百鸟啼。
惯看红霞染落日，秋池锦鲤长相依。
繁花总被雨打去，尘缘何须设预期。
八荒极目云追月，九州同行携天地。
若非几世红尘渡，何来竹阁促长膝。

梦留礁石岭

开科论古今，侧坐微石洗耳听；

游人话仙姑，小楼塔顶显真身。

礁石轻错势五行，东岳南北通增城。

江织岁月八景图，物流东西横贯通。

孤雁清风许明月，夜阑人静闻秋声。

湖影倒霓虹，陪我踏歌行。

钱兄寓舍应犹在，朱颜未改庭深深。

脚踏紫云基，扶手青阁门。

投石问荔湖，潺潺出天机。

前程未卜忽明路，早知峰回不是春。

目睹车喧行人过，微波潭兮荡层云。

雨纷纷兮渐蒙，风萧萧兮微寒。

孤影随灯，坦途欲争。

命脉石门，徐徐见开。

九幽八骏若有现，日照月泻隐深深。

生为人兮死作马，灵之动兮芸芸赴苍生。

荣辱俱兮难取舍，神之仙兮恍如世。

悲喜无常交替，诚惶恐也无济。

唯眠之时香寝，梦留来之烟云。

红尘行至暮朝雪，东风又来几人陪。

朝辞云霞何时还？

且看青岭礁石在，他日回头骨作尘。

安能奴颜媚骨卑权势，苟活一生郁郁终。

醉春风

　　春来玉枝花满楼。河东河西，天舒云秀。
风中谁传隐琴声？南亭北走，孤影轻舟。
　　莺歌燕舞十八洲。伊人何处，醉解闲愁。
此去经年鬓霜染，空余唏嘘，壮志难酬。

端午赋屈原

梦断西风雨露寒，霜染浮萍瘦飞燕。

箫音不改人间雪，朱门未曾送客闲。

寒山寺里孤灯倦，笙箫洞外有渔船。

楚风万辞与君伴，琴瑟和鸣照无眠。

秋枝望月惊天堑，汨罗江啼疑悲颜。

宁寻华夏千古韵，勿忘端午祭屈原。

柔石惊缘

人生得意须尽欢，天干地支两相全。
迷途俗世一孤星，笑破红尘把酒癫。
我自横刀断天指，烟波千年万古船。
羽扇纶巾灰飞灭，周郎自古气定闲。
天涯青灯诵竹卷，何苦周遭不夜天。
银河月夜扯胸间，苦难不幸用手掂。
柔石涅槃屹千年，惊觉海枯穿天堑。
洞云层峦飞九天，何怨清秋骨身寒。

深情地活在这诗意的人间

拙著《天使的烈焰》出版在即，她是我的处女作，无比珍视的第一个孩子。我正以一份忐忑而惊喜的心情，迎迓她的莅临。

时光荏苒，从青春年少的诗情萌发，到踏入万丈红尘的茫然四顾，生活以诸多磨砺，惠赐我多舛的命运。始料未及的是，当我青春不再时，缪斯女神竟然向我伸出纤纤玉手，那些青春的记忆，那些斑斑的泪迹，遂于午夜梦回时萦绕心际，促成我开始用这支笨拙的笔，记录时光，吐露心迹，那么义无反顾、毫不犹豫。我觉得，我是如此幸运。

有道是：人间花开花落，生命几度轮回。静享孤独时，聆听自然界的天籁，常常惊诧于那些微渺生命的吟唱不息、悠然自在。曾经，独自于如墨寂静的原野奔走，渴望有一双划破苍穹的巨手，演绎一场石破天惊的传奇。然而，我终究似一方温柔倔强的顽石，只能倾听红尘里的鹤鸣渐行渐远。当我恍然领悟，一次次重新踏入空灵的旷野，不再仰天长啸或俯首低泣，而是企图寻觅久远生命留下的道道辙痕。

其实，除却行尸走肉，每个人都在探求生存的价值、体味活着的意义。我渐渐明白，熙熙攘攘人群里的潇洒自在，远不如寂静独处的沉思一念。那些青春年少的闲适，并不能结出饱满的生命之果；那些海枯石烂的诺言，更换不回一往情深。我是如此笃信，每个人都想挣脱现实世界的煎熬欲望，否则将会沉溺其中。正是那些未曾熄灭的诗意火花，让我在梦想与现实之间，终于如此顽强又如此幸运地，让有血有肉的灵魂，通过诗歌这一特殊载体，勇敢地裸露在自己和读者面前，书写一份独特奇妙的文字"惊缘"。

当我通过书写、剖析自我进行精神救赎，并开始在平淡的生活里，试图通过观察与体悟，挖掘人群中那一个个热烈的眼神，奉献出真诚如斯的心灵，我感到如此快慰——原来，每一颗善良美丽的心灵，都会与另外一颗心灵邂逅、碰撞并产生共鸣！于是，我带着对人间的热爱、对生命的无上崇敬，将这些长长短短的情愫付诸笔端，仿佛佳酿入喉、良朋在侧。是的，我想将种种过往，哪怕坎坷，哪怕沧桑，尽情展现于你：那些印满无助的时光，那些如歌如泣的岁月，那些激越绽放的韶华。

我是如此容易感动，当我将爱过哭过笑过的往事，通过网络这一开放平台，传递给千千万万的读者时，他们给予了无数激赏鼓励，那是坦诚与善意的互动，现实与网络的链接，我仿佛看到一双双热切的眼眸，以及一次次心灵的共情。

2022年1月18日开始诗歌创作伊始，连续写下来，竟然积攒下超过900首，其中包括在中国诗歌网刊发的580余首。这些真情盈怀的诗句，成为我无数个晨昏枯坐电脑前、面对手机屏的见证，更是我一次次情感的涌动。除一首首饱蘸真情的现代诗、古诗词，我还尝试写下一首首歌词，竟然获得众多方家和读者的青睐与追捧，多首歌词经作曲家谱曲后进行传唱。我甚至认为，诗歌不应是叹息的凝结，而是情感的火焰、岁月的芳香，甚至是思想的撷萃。现在，我从这些简朴的诗歌里，遴选其中较为满意的作品结集出版，足以证明，我和你们一样，深情地活在这诗意的人间。

诗集《天使的烈焰》，见证着我对诗歌的坚持、对生活的热爱。作为一位行吟者，我知道，我才刚刚出发。无法预知也无须剧透，关于未来我与诗歌的命运，人生的美好恰恰蕴藏在一切未知里。我想，既然已经出发，就会一直在路上，将至善至诚的生命真情传递，用挚爱消弭怨恨悲苦，将美好温暖、眷恋记忆、憧憬向往，以文字以生命以灵魂，诗意地活在人间，不负自己，不负读者朋友的激励与厚爱。

作者写于2024年端午

图书在版编目（CIP）数据

天使的烈焰 / 周华龙著. -- 武汉 ：长江文艺出版社, 2025. 2. -- ISBN 978-7-5702-3848-4

Ⅰ．I227

中国国家版本馆 CIP 数据核字第 2024M64Q87 号

天使的烈焰

TIANSHI DE LIEYAN

责任编辑：胡　璇	责任校对：程华清
封面设计：阅客　•　朱丽君	责任印制：邱　莉　王光兴

出版：长江出版传媒　长江文艺出版社
地址：武汉市雄楚大街 268 号　　　邮编：430070
发行：长江文艺出版社
http://www.cjlap.com
印刷：湖北恒泰印务有限公司

开本：880 毫米×1230 毫米　1/32	印张：9.5
版次：2025 年 2 月第 1 版	2025 年 2 月第 1 次印刷
行数：6683 行	

定价：68.00 元